KB180876

한국 희곡 명작선 06

바보는 방황을 하고 현자는 여행을 한다
여행자들의 문학수업

한국 희곡 명작선 06

바보는 방황을 하고 현자는 여행을 한다
여행자들의 문학수업

이미정

평민사

이
그
정

바보는 방황을 하고 현자는 여행을 한다 — 여행자들의 문학수업

등장인물

♀ 김작가 (여) : 소설가. 30대 중반.
♀ 오필리어 (여) : 40대 후반. 폐점 직전 엘피레코드가게 주인.
♂ 자베르 (남) : 40대 후반. 전직 강력계 형사∽ 현직 취준생.
♂ 부산역의 그 남자 : 30대 중반 평범한 느낌.

무대

무대는 상황에 따라 작가의 집필실, 기차역, 바닷가 등으로 변한다.
무대 전면에 영상을 보여줄 수 있는 공간이 있었으면 좋겠다.
이 연극은 영상과 연극의 콜라보레이션 형식이었으면 좋겠다.

1. 프롤로그

음악과 함께 영상 나온다.

(이 영상은 일반인이 핸드폰으로 찍은 버전이어도 괜찮다)

#- 달리는 버스 안에서 본 서울 풍경, 한강 다리, 왁자지껄한 시장, 길 지나가는 사람들. 버스 정류장. 보도블록 사이에 핀 들꽃, 유모차를 탄 아기, 서촌, 북촌 등 오래된 동네, 골목길. 동네에서 담화를 나누는 노인들 모습 등)

영상 크레딧- 〈여행자들의 문학수업〉이 뜬다.

안내방송 출발 안내 말씀 드립니다. 10시 정각에 부산으로 가는, KTX 125 열차가 곧 출발합니다. 승차권을 구입한 고객께서는 타는 곳 5번에서 열차에 승차해 주시기 바랍니다. Attention, please. The KTX train number 125.departing for Busan at 10 o'clock. will soon be departing platform 5.(중국어. 일본어 멘트 이어지고)

무대는 분주한 분위기의 서울역이다. (제각각의 사람들이 지나다니는 복잡한 대합실을 영상으로 표현해도 좋겠다) 지적인 분위기의 여자(오필리어)가 등장 (객석을 통해서 등장). 그곳 풍경을 휴대폰 사진으로 찰칵 찰칵 찍는다. 검은 양복을 입은 한 남자(자베르)가 역사 벤치에 앉아있다. 책 한 권(톨스토이의 「안나까레리나」을 들고 있다. 사실 책을 읽는데 열중하는 것은 아니다. 읽는 둥 마는 둥. 뭔가 생각에 잠긴 것 같다. 그 남자를 유심히 바라보던 여자가 다가가 어색하게 그의 옆자리에 앉는다.

여자 (어색하게) 이 서울역에서 혼자시네요.

남자 네?

여자 보세요. (사람들을 가리키며) 떠나는 사람, 배웅하는 사람, 마중 나온 사람 모두 분주한데 혼자 가장 여유로워 보이신다고요.

남자 네?

여자 아… 실례가 되었다면 죄송합니다.

남자 네…

남자 책장을 넘기다 잠시 후.

남자 제가 그렇게 보일 줄은 몰랐습니다.

여자 여긴 시간이 이동하는 곳 같아요.

남자 제가 이 모습으로 해운대에 있었다면 아마 가장 바빠 보였을 겁니다. 어떤 공간에 있느냐에 따라 다르게 보이겠죠.

여자 (뜬금없이) 인생도 그런 것 같아요. (얼굴 마주보다 다시 어색) 이곳엔 가끔 와 봤지만 이 방향으로 사람들을 바라보긴 처음이네요. (객석을 향해) 앉는 방향에 따라 느낌도 다른 것 같아요.

남자 저는 그런 생각을 한 번도 해본 적이 없군요. 내가 주로 어느 방향으로 앉았었는지도 기억이 잘 안 나네요.

여자 이 의자에 앉았던 사람들 모두 비슷할 걸요. 별 생각이 없을 거예요.

남자 오… 굉장한 발견입니다. 갑자기 복잡한 생각이 드네요.

여자 어떤?

남자 제가 아는 사람도 여기에 앉았을지 모른다고 생각하니 (일어나서 자기 의자를 본다) 이 의자가 갑자기 달리 보이네요.

여자 (똑같이 자리에 일어나) 정말 보통 의자가 아니네요. 이 의자에 수많은 인생이 오고 갔으니…

남자, 여자 선 채로 서로를 쳐다본다.

여자 우리 자리를 한번 바꿔 앉아볼까요?

남자와 여자가 자리를 바꿔 앉는다.

여자 또 한 사람 인생 추가요.

남자 참 재미있는 분이시네요.

사이.

남자   혹시… 누군가를 미친 듯이 미워하거나 기다려 본 적 있으세요?

여자   살면서 그런 거 안 해 본 사람도 있을까요?… 수도 없이 해봤죠.

남자   (여자를 한동안 쳐다보다가) 처음 본 분께 이런 질문 참 뜬금없죠? 결례가 되었다면 죄송합니다.

여자   아녜요. 오히려 낯선 사람한테나 할 수 있는 질문이네요.

재미있다는 듯 서로 쳐다본다. 다시 안내방송.

안내방송   출발 안내 말씀 드립니다. 10시 30분 정각에 부산으로 가는, 무궁화138 열차가 곧 출발합니다. 승차권을 구입한 고객께서는, 타는 곳 6번에서 열차에 승차해 주시기 바랍니다. Attention, please. The 무궁화 train number 138 departing for Busan…

남자   이제 어디로 가십니까?

여자   사실… 전 갈 곳이 없어요.

남자   사실… 저도 갈 곳이 없습니다.

남자, 여자 서로의 얼굴을 보며 웃는다.
자연스럽게 조명아웃 되고 무대 공간은 작가의 집필실로 전환된다.

2. 그 여자의 이야기

아무것도 걸려있지 않는 회색빛 벽에 덜렁 '김작가의 문학수업'이란 포스터 한 장. 무미건조해 보이는 집필실. 노트북이 놓인 작가의 책상 하나, 큰 책장 하나. 책장에는 책이 가득 꽂혀있다. 책상 주변에는 이사 와서 풀지 않은 듯 보이는 책 묶음, 큰 짐 가방이 있다. 그 앞에 의자 몇 개와 테이블 있다.

김작가 (큰소리로 책을 읽듯) 여자는 그 남자가 자신에 대해 더 알고 싶다는 눈빛을 읽었지만 그 자리를 과감히 박차고 일어나서 서울역 계단으로 걸어 나왔다. 남자는 신비로운 그녀를 놓칠 수가 없었다. 곧 뒤 따라 나왔지만 그녀는 홀연히 사라진 지 오래였다. 그녀가 떠나간 자리엔 붉은 립스틱만 또르르 굴러다녔다. 마치 유리구두 한쪽을 남기고 떠난 신데렐라처럼…

단정한 슈트차림의 김작가가 A4용지 과제를 들고 읽고 있다. 그 앞에 초조한 표정의 오필리어가 책상에 앉아있다. 아까 지적인 느낌과 달리 유치한 꽃무늬 스카프가 눈에 띈다.

오필리어 (기대에 찬 표정) 선생님… 어떠신가요?

김 작가는 읽고 난 후 뭐라고 할지 난감한 듯 헛기침을 하며
방을 서성인다.

김작가　음…

오필리어　제게 글을 쓰는 재능이 있을까요?

김작가　이건…

김 작가는 목이 타는 듯 책장 근처에만 왔다갔다…

오필리어　선생님 수업을 듣고 제 인생이 많이 달라진 것 같아요.
특히 매주 숙제를 내주신 것이 얼마나 도움이 되는지 몰
라요. 그동안 제가 무심코 지나쳤던 꽃도, 나무도, 길거
리도 모두 다르게 보여요. 선생님께서 저번 수업시간엔
기차역으로 한번 가보라고 하셨잖아요. 그곳엔 수많은
사연들이 오간다고. 그들 중 누군가와 무작정 대화를 해
보라고 하셨죠. (들뜨서) 어쩜 저한테 그런 용기가…

김작가　(원고를 보며 체크) 아… 이 부분이 실제 나눈 대화인가
요?

오필리어　네… 멋지죠. 마치 연극의 첫 장면처럼…

김작가　네 그러네요. 마치… 고대 희랍비극처럼… 무슨 말인지
하나도 모르겠어요.

오필리어　그렇지만 우린… 음… 진심? 진실? 아. 뭐라고 표현해
야 하지? 왜 그런 것 있잖아요. 말을 못 알아듣는 외국
인들이 서로 눈을 보면서 더 절실하게 대화를 나누는

그런 비슷한 것?

김작가 아… 이 남자가 외국인이었나요?

오필리어 아뇨. 한국 사람인데…

사이.

김작가 아… 어찌되었건 이 글이 그렇게 해서 나오게 된 것이 군요.

오필리어 네! 다 선생님 덕분에요. 참 선생님 이것 좀 드시고 하세요. (쿠키 상자를 꺼낸다) 제가 만든 쿠키에요. 이 쿠키는 쓴 커피랑 잘 어울려요. 그러고 보니 선생님은 왠지 석양이 끝내주는 해변가에서 과테말라 커피 한잔을 즐기시는 그런 모습이 어울리실 것 같아요. 참… 선생님 커피 드시는 건 못 뵈었네요. 작가들은 커피를 즐기지 않나?

김작가 저는 카페인을 마시면 손이 떨려서…

오필리어 역시 제가 아는 예술가 중에 선생님이 가장 절제된 느낌에요. 제가 사실 예술가들 많이 알거든요.

김작가 (쿠키를 한번 먹고) 맛있네요. 잘 먹겠습니다.

오필리어 선생님 여기서 지내시기 힘드시죠? 혹시 드시고 싶은 것 있으면 뭐든 말씀하세요. 제가 요리를 좀 하거든요. 참 언제 우리 집에 한번 오실래요?

김작가 (말을 바꾸며) 이 남자와 여자는 언제 다시 만나게 되나요?

오필리어 어머! 선생님께서 이렇게 질문해주시니 제가 정말 작가가 된 것 같아요. (쑥스러운 듯) 아… 이런 게 작가의 고뇌인가요? 오늘도 하루 종일 밥 먹으면서도 이 생각, 장보면서도 이 생각 역시 창작의 고통이란 것이 바로 이런 것이구나. 여기 다크서클 보이시죠?

김작가 이 남자와 여자가 다시 만나게 되요?

오필리어 음… (무대의 배우처럼 연기) 그는 그녀를 다시 만나고 싶은 마음에 매일 같은 시간 그 의자에 앉아서 기다려요. 하지만 안타깝게도 그녀는 나타나지 않죠.

김작가 왜죠?

오필리어 그녀는 상처를 입을까봐 두려워해요.

김작가 무슨 의미죠?

오필리어 그 남자는 톨스토이의 「안나까레리나」를 들고 있었어요. 필이 오시죠?

김작가 필? 「안나까레리나」는 다 읽으셨어요?

오필리어 아뇨… 이제 상권을 다 읽고 하권을 읽기 시작했는데…

김작가 그건 상, 중, 하권으로 되어있는데…

오필리어 네?? 중권도 있다구요? (절망) 어머.

김작가 그 작품이 좀 길죠?

오필리어 징그럽게 길죠. 암튼 톨스토이 선배님은 정말 대단하신 것 같아요.

김작가 선배님?

오필리어 소설가 선배님이시니까요. 그땐 이런 컴퓨터도 없었는데 그 긴 걸 쓰느라 얼마나 똥줄이 타셨을까? 저는 겨

우 요거 쓰고 페인이 되가는데…

김작가 (또 무시) 시간이 많지 않으니까… 아까 하시던 말씀 계속해보세요.

오필리어 아 어디까지 했더라… 저는 화제를 바꾸면 무슨 얘기를 했는지 자꾸 잊어버려서… 아… 안나까레리나! 안나까레리나는 참 이름도 이쁘죠? 안~나! 까레리~나! 이름만 불렀는데도 금방 사랑에 빠질 것 같잖아요. 제 닉네임을 오필리어라고 하지 말고 안나 까레리나로 할 걸 그랬나 봐요.

김작가님 (시계를 보며) 톨스토이 후배님. 또 옆길로 새셨네요.

오필리어 어머 죄송해요. 아… 어디까지 했더라… 아!… 안나까레리나도 기차역에서 만나게 되잖아요. 바로 불같은 사랑에 빠질 남자 '부른스키'를! 생각해보세요. 그런 내용을 읽고 있던 남자가 현실에서도 똑같이 기차역에서 매력적인 여자를 만나게 되었다면 이제 어떤 일이 펼쳐질지… 필이 오시죠?

김작가 (애써 참으며) 그 남자는 어떤 인물이던가요?

오필리어 음… 그 남자는 검은 양복을 단정하게 입고 톨스토이의 「안나까레리나」를 읽고 있는 것으로 보아… 아주 지적인 사람 같았어요. 아마 어느 학교의 교수님이 아닐까요?

김작가 여자는 그런 멋진 남자를 왜 다시 만나지 않는 거죠?

오필리어 여자는 앞으로 일어날 비극적인 사랑이 두려워서죠.

김작가 (피곤하다는듯) 혼자 상상만 하고 혼자 끝내네요. 오필리어님. 그렇게는 드라마가 형성되지 않아요. 등장인물들은 고통과 희생을 불사해서라도 목표를 향해 뛰어들어야 이야기가 형성됩니다.

오필리어 그렇지만… 그녀는 상처를 받았거든요.

김작가 (조금씩 스트레스) 상처? 한 번 우연히 만났는데 무슨 상처가 벌써 만들어져요?

오필리어 그녀는 현재 재산을 다 탕진하고 가난한 임대아파트에서 살고 있거든요. 그녀는 이제 어떤 남자에게도 해줄 것이 없다는 것을 잘 알고 있기 때문이죠.

김작가 (애써 참으며) 휴… 오필리어님. 작품은 자기 감상으로 쓰시면 안 됩니다.

오필리어 맹세코 제 감상으로 쓰지 않았는데요.

김작가 안타깝지만… 이 작품은 그냥… 쓰레기입니다!

작가는 그 종이를 좍– 찢어서 휴지통에 구겨 넣는다.

오필리어 어머나!

순간 어색한 두 사람 쿠키만 오도독 씹다가.

김작가 서울역에서 우연히 만난 남녀가 짧은 대화를 한번 나누고 헤어진 후 평생 생각만 한다? 드라마 주인공으로는 실격입니다. 오필리어님께서 어떠한 인생을 살아오신지 모르겠지만 작품에 자신의 감정을 비논리적으로 투사시키면 독자의 공감을 얻을 수 없습니다.

오필리어 잠깐만요. 선생님.

오필리어 가방에서 급하게 필기구를 꺼내어 열심히 메모한다.

오필리어 투사? 자신을 투… 사… 하면 안 된다?

김작가 지나치게 자신을 투사하게 되면 자기 연민에 빠진 글을 쓰기 쉬워요.

오필리어 와 정말 멋진 말예요. '자신을 투사하다.' 어제 우리 가게 앞에서 죽치고 있는 짭새한테 이런 멋진 말로 싸웠으면 진짜 폼 났을 텐데… 아까비! (입을 막고) 아참 수업 시간엔 자신에 대한 정보를 말하지 말라고 하셨는데…

김작가 오필리어님. 한 가지 더 말씀드리면 '암튼'이란 단어를 좀 자제해 주십시오. 암튼은 '아무튼'이란 부사를 줄여 쓴 말로 '의견이나 일의 성질, 형편, 상태 따위가 어떻게 되어 있든'이란 뜻이죠. 그런 부사를 안 붙여도 문장이 만들어집니다.

오필리어 아… 네! 암튼… (또 입을 막고) 어머… 선생님의 말씀 명심하겠습니다. 암튼!

이때 김작가의 핸드폰이 울린다. 번호를 보더니 소리를 줄인다.

감작가 (시계를 보고) 아 시간이 다 되었네요. 오늘 수업 여기까지 하겠습니다.

오필리어 선생님 그럼 이 남, 녀를 두 번째 만나게 해볼까요? 좀 폼나게?

김작가 (전화를 보며) 네 그렇게 해보십시오.

오필리어 (쓰레기통을 뒤지며) 그래도 이게 제 첫 자식인데 제가 가져가도 될까요?

김작가 네 원하시는 대로.

전화 계속 울리는데 김작가가 수신 거부한다.
오필리어는 쓰레기통 옆에 버리려고 쌓아둔 책 꾸러미를 본다.

오필리어 혹시 이것도 버리시는 거라면 제가 갖고 가도 될까요?

김작가 (전화를 보느라 건성으로) 네 마음대로 하십시오.

휴지통 안에는 작가가 버린 종이들도 있다. 오필리어가 자신의 원고와 같이 모두 챙겨서 나간다.

김작가의 전화가 끊겼다가 다시 울린다. 김작가는 그 전화가 불편한지 음소거를 해 버린다.

김작가 아 정신없어.

작가는 문을 잠그고 작가는 슈트를 벗어 소파에 대충 걸쳐 놓고 책장으로 다가간다.

김작가 (책 제목을 살피며) 음… 어디다 뒀더라? 「안나 까레리나 문학의 이해」, 「드라마 어떻게 쓸 것인가?」, 「소설 기호학」 … 어디더라… 아… 맞다. 「위대한 개츠비」! (「위대한 개츠비」를 빼자 뒤에 숨겨진 싸구려 양주가 있다) 「위대한 개츠비」! 난 「안나까레리나」보다 「위대한 개츠비」가 더 좋아.

양주병을 꺼내 한잔 마시는데 다시 오필리어 들어온다.
깜짝 놀란 작가는 술을 얼른 책장에 넣어둔다.

오필리어 선생님 문이 안 잠기네요. 고쳐야겠어요.
김작가 또 무슨 일이시죠?
오필리어 제가 이걸 갖고 왔는데 잊어버리고 그냥 갈 뻔했어요.
김작가 네?
오필리어 (확대한 꽃 사진을 가방에서 꺼낸다) 제가 찍은 사진예요. 이 꽃이 보도블록에서 혼자 피었지 뭐예요. 선생님께서 사람들이 무심코 지나치는 것들을 잘 살펴보라고 하셨잖아요 모든 것에 의미가 있다고요… 그래서 이 사진도 좋아하실 것 같아서요.

사진을 벽에 붙인다.

김작가 어차피 여긴 제 방도 아닌데요.
오필리어 그래도 선생님이 계시는 동안 안락함을 느끼셨으면 좋겠어요. 그럼 저는 숙제 열심히 해서 오겠습니다.

오필리어 꾸벅 인사를 하며 소란스럽게 나간다.
작가는 오필리어가 가져온 사진을 시큰둥하게 본다.

김작가   이런 사진은 인터넷에 널렸는데…

가벼운 스트레칭, 심호흡을 한 후 책상에 앉는다.

김작가   하루에 무조건 2000자는 쓴다! (컴퓨터 자판을 쳐다보다
치기 시작한다) 어느 날… 그는… 아냐… 아냐… 어느 날
그녀는… 아! 위대한 개츠비!!

생각이 잘 안 나는지…「위대한 개츠비」책 뒤에 숨겨진 술병
을 다시 꺼내어 벌컥벌컥 마신다.

김작가   머리가 하얗다. 한 문장도 생각이 안 나.

전화가 또 온다. 망설이다가 받는다.

김작가   아 선배! (반갑게) 강의 중이라 전화 온 줄 몰랐어요. 안
그래도 제가 조만간 연락드리려고 했는데 죄송해요. 요
즘 집을 나왔어요. 네? 결혼? 아네요. 그런 건 아니구
요… 일종의 레지던시 프로그램이에요. 집필실을 공짜

20

로 쓰는 조건으로 의무적으로 문학수업을 해줘야 해요. 워낙 기초가 없는 분들이라 힘들긴 하죠. 할 수 없죠. 네? 황교수님요? 잘 몰라요. 네… 연락 안한 지 오래돼서요. 아 참 제 원고는 한 달만 시간을 더 주시면… 선배가 추천도 해주셨는데 죄송해요. 네? 황교수도 그 출판사에서 책을 내기로 했다구요? 안 돼요!! 그 인간은 먼 곳의 불의에만 정의로운 그런 위선자 쓰레기!! 아녜요. 술 안 먹었어요. 아… 아녜요. 흥분 안했어요. 네… 제가 더 잘 써 볼게요. 무슨 얘기냐구요? 음… 음… (생각 안 난다) 나중에 알려드릴게요.

전화 끊고. 작가는 컴퓨터를 몇 번 두드리다가 생각이 안 나는지 괴로운 표정으로 책장 앞에 선다.

작가　　위대한 개츠비! (술을 꺼낸다)

3. 그 남자의 이야기

서울역 장면의 재현이다. (이 장면은 자베르의 기억이다)
첫 장면보다 화려한 이미지의 여자(오필리어)와 좀 더 경직된
표정의 자베르 모습. 자베르는 책(도스토예프스키의 「죄와
벌」)을 들고 있다.

남자, 여자 선 채로 서로를 잠깐 쳐다본다.

여자 우리 자리를 한번 바꿔 앉아볼까요?

여자가 남자를 적극적으로 움직여 자리를 옮긴다.

여자 또 한 사람 인생 추가요.

남자 (좀 이상한 듯) 참 특이한 분이시네요. (사이) 혹시… 누군
가를 미친 듯이 미워하거나 기다려 본 적 있으세요?

여자 살면서 그런 거 안 해 본 사람도 있을까요?… 수도 없
이 해봤죠.

남자 (여자를 한동안 쳐다보다가) 처음 본 분께 이런 질문 참 뜬
금없죠? 결례가 되었다면 죄송합니다.

여자 아녜요. 오히려 낯선 사람한테나 할 수 있는 질문이
네요.

안내방송 출발안내말씀 드립니다. 10시 30분에 정각에 부산으로 가는, 무궁화138 열차가 곧 출발합니다. 승차권을 구입한 고객께서는, 타는 곳 6번에서 열차에 승차해 주시기 바랍니다. Attention, please. The 무궁화 train number 138 departing for Busan…?

여자는 초조해보이고 남자는 냉정하게 여자를 본다.

남자 이제 어디로 가십니까?

여자 사실… 전 갈 곳이 없어요.

남자 사실 저도… 갈 곳이 없습니다.

무대 공간은 다시 작가의 집필실로 전환된다.

김작가 (큰 소리로 책을 읽듯) 그녀는 누군가에게 쫓기는 것이 분명했다. 주변을 두리번거리더니 남자에게 자리를 바꿔달라고 했다. 역시 남자의 촉은 정확했다. 상대를 탐색하던 그녀는 남자가 작전대로 넘어오지 않자 서울역사 밖으로 달아났다. 아마도 그 남자의 눈빛에서 수십 년간 베테랑 형사로 활약했던 날카로움을 발견했기 때문일 것이다. 남자는 그녀가 떠난 자리에서 그녀의 DNA가 묻은 붉은 립스틱을 주웠다. 그는 짐승과 같은 감각으로 그녀가 다시 범행현장에 나타날 것이란 사실을 느꼈다. 남자는 매일 그곳에 가서 그녀를 기다렸다.

김작가가 작품을 읽고 난 후 갸우뚱… 무슨 말을 해야 할지 고민한다.

자베르 (다소 딱딱한 말투) 부족한 부분은 호되게 비평해주십시오. 저는 발전하러 온 사람입니다.

김작가 자베르님… 이글이 매우 흥미롭습니다.

자베르 아… 그렇습니까?

김작가 혹시 이 글을 쓰게 된 계기가?

자베르 선생님께서 서울역 같은 곳에 가서 낯선 사람들과도 얘기를 해보라고 숙제를 내주셨죠. 그래서 저번 주에 서울역에 가서 앉아 있는데 마침 어떤 여자가 저한테 말을 걸더라고요. 남자 혼자 앉아있을 때 낯선 여자가 그렇게 자연스럽게 다가오기가 쉽지 않거든요. 이 경우 십중팔구 꽃뱀이거나 도를 아십니까 거든요…

김자가 그 여자에게서 꽃뱀 느낌이 나던가요?

자베르 글쎄요. 집에 와서 다시 곰곰이 생각해봤는데 솔직히 그 정도 범죄자 인상은 아니었지만 여자가 낯선 남자에게 다가와서 봉창 두드리는 소리를 한다면 이상한 여자일 확률이 높겠죠.

김작가 하하하 정말 재미있네요.

김작가 이 사실을 듣고 재미있다는 듯 웃는다. 자베르는 자신의 작품이 재미있다는 줄 알고 같이 따라 웃는다.

자베르 재미있죠? 정말 운이 좋았죠. 그런 곳에서 특별한 사람을 만나게 되다니…

김작가 특별?

자베르 네 특별하죠. 작가에게 예술적 영감을 준 사람을 뮤즈라고 하나요? 제가 그런 사람을 만난 거죠.

김작가 (인상을 쓰며) 뮤즈요?

자베르 네 잠깐 만났지만 그 여자는 제게 새로운 추리물에 대한 영감을 줬습니다. 집에 와서 곰곰이 생각해보니 눈빛에서 뭔가 외로움 같은 것도 좀 느껴지는 게… 원래 범죄에 연루된 여자들이 그런 촉촉한 눈빛이거든요. 비밀이 많으면 고독한 법이죠.

김작가 (비웃듯) 아무에게나 뮤즈란 단어를 붙이시네요.

자베르 뮤즈란 시인과 예술가들에게 영감과 재능을 불어넣는 아름다운 여인을 말하는 것 아닌가요? 아 맞다. 오늘 신문 보니까 황상식 교수의 신작 제목도 '뮤즈'라고 하던데… 참 선생님도 황상식 교수 아세요? 제가 참 좋아하는 작가거든요.

김작가 (말을 바꾸며) 혹시… 그날 책을 들고 계셨나요?

자베르 (놀라며) 그걸 어떻게 아십니까? 선생님께서 첫 시간에 필독서라고 추천해주신 것 중에 도스토예프스키의 「죄와 벌」을 들고 있었습니다. 아마도 그게 통했던 것 같습니다. 사람들은 무의식적으로 책 읽고 있는 사람이 위험하지 않을 것이라고 상상하거든요.

김작가 아… 그런가요?

자베르 네… 선생님의 이 집필실도요. 책이 많지 않습니까? 이런 곳에서 지내는 분들은 반대로 범죄의 대상이 될 수도 있죠.

김작가 범죄의 대상요? 여기가 무슨… 훔쳐갈 것도 없는데요. 책밖에 없는데요.

자베르 허허… 이 양반 순진하시네… 아 죄송합니다. 선생님. 이 양반이라고 해서요.

김작가 괜찮습니다.

자베르 범죄자는 가진 것이 많은 사람한테 범죄를 저지르지 않아요. 범죄를 성공할 것 같은 사람한테 저지르는 것입니다.

김작가 일리 있네요.

자베르 최고의 도둑은 아무리 대단한 보물이 있는 집이라 해도 빠져나올 곳이 없으면 절대 들어가지 않죠. 즉 범죄자가 보기에 만만해 보이느냐 아니냐가 중요한 것이거든요. 아참! 선생님. 여기 문이 고장났던데요. 이거 고쳐야겠습니다… 여긴 허술한 곳이 많네요.

김작가 그 문은 어제도 관리실에 말했는데… 근데 정말 이곳도 범죄의 대상이 될 수 있다고요?

자베르 네… 나쁜 마음을 먹고 제압을 한다면 저항을 못할 것 같은 느낌. 학교 다닐 때도 도서관 골목에 일진들이 왜 많겠습니까? (김작가에게 책가방을 등에 메게 하고) 무거운 책가방 메고 안경 쓴 만만한 애들이 잔뜩 있으니 그곳이 최고의 낚시터죠.

김작가　경보기 같은 걸 달까요?

자베르　좋은 질문 하셨습니다. 범죄자의 심리를 잘 읽으셔야 합니다. 만약에요. 도둑이 이곳에 들어왔어요. 그런데 이 책장에 「내 인생을 바꾼 살인마」라던지, 「범죄심리학」, 「인체해부학」, 「복수의 법칙」 같은 책이 꽂혀있다면 어떤 느낌이 드시겠어요?

김작가　(잠시 생각하다가) 조금 무서울 수도 있겠네요.

자베르　딩동댕. 맞습니다. 범죄자는 범행대상을 물색할 때 그 사람이 어떤 상대인지 살피죠. 그런 점에서 책장은 중요한 단서입니다. 그 사람의 생각, 특히 관심거리가 꽂혀 있다고 볼 수 있는 거거든요. 그런데 도둑이 들어와서 (김작가의 책장으로 가서) 「문학의 이해」, 「드라마 어떻게 쓸 것인가?」, 「소설기호학」 이런 책을 보면 아… 이 사람은 참 세상 물정 모르고 순진하구나 하고 생각할 거예요. 특히 이런 『위대한 개츠비』 같은 책은 (책을 꺼내려 하자)…

김작가　(자베르를 막으며) 자베르님! 저 문고리부터 먼저 고쳐야 하지 않을까요?

자베르　이렇게 간단한 걸 아직도 안 고쳐주다니 관리실에서 내일까지도 안 오면 제게 말씀하십시오, 제가 고쳐드리지요.

김작가　(오필리어가 준 쿠키통을 열며) 이 쿠키 좀 드실래요?

자베르　마침 배가 고팠는데… 잘 되었네요. (하나를 집어먹고) 이야…이거 정말 맛있네요. 달지도 않고. (맛을 음미하며)

27

호두도 들었고, 초콜릿도 씹히네요. 흠… 이건 수제 쿠키 같네… (생각에 젖어서) 옛날 생각이 나네… 예전에 우리 집에도 이런 쿠키를 굽곤 했었는데. (목이 막히는지) 흠흠… 그런데 뭐 마실 건 좀 없습니까?

김작가 아… 잠깐만요. (찾다가 책상 아래에서 생수 2리터를 꺼낸다) 컵이 없네요. 그냥 입 안 대고 마시면 됩니다.

자베르 (뚜껑을 따고) 아… 컵도 없으시구나… (입 안 대고 통째로 꿀꺽꿀꺽 마신다) 그러고 보니 여기 냉장고도 없네요. 지내시기가 좀 힘드시겠어요.

김작가 (책장에서 「안나까레니나」를 빼서) 참. 그날 이 책을 들고 계셨나요?

자베르 이게 뭐죠? 「안나까레니나」? 톨스토이? 이분도 러시아 작가죠?

김작가 네.

자베르 러시아는 진짜 훌륭한 작가들이 많네요. 그래서 선생님이 이 추운 집필실에 계시는군요? 혹시 러시아 체험중이십니까?

김작가 (썰렁하다는 듯) 순간 더 추워졌네요.

자베르 난 진지했는데. 사실 이 방이 「죄와 벌」의 라스콜리니코프가 있던 공간같이 느껴지잖아요. 좁고 지저분하지만 지적인 느낌으로 가득 찬 라스콜리니코프의 방

김작가 라스콜리니코프요? 「죄와 벌」? 도스토예프스키?

자베르 빙고! 저는 요즘 도스토예프스키의 「죄와 벌」을 읽고 있습니다. 당연히 그날도 그 책을 들고 있었죠.

김작가　왜 하필 「죄와 벌」을?

자베르　아… 딱 제 스타일입니다. 이 이야기! 주인공 라스콜리니코프가 전당포주인을 도끼로 죽인 후 일어나는 인간 죄의식에 대한 이야기. 사실 제가 이런 작품을 써보려고 했는데 도스토예프스키가 벌써 썼더라구요. 제 인생은 항상 이래요. 항상 누가 선수쳐요.

김작가　그 책을 다 읽어보셨어요?

자베르　앞만 읽고 뒤를 상상해보는 것이 더 짜릿하네요. (성호 그으며) 제발 내 인생 끝나기 전까지 다 읽게 되길…

김작가　죽을 때까지 못 읽을 정도로 긴 책은 아닌데.

자베르　뭐든 늑장을 부리다 보면 그럴 수도 있죠. 자신의 수명이 얼마나 남았는지는 아무도 모르거든요.

김작가　그 말도 맞네요. 그럼 (원고를 보며) 오늘 써오신 작품을 도스토예프스키의 「죄와 벌」처럼 만들고 싶단 말씀이세요?

자베르　저는 죽은 작가와 경쟁할 생각은 없습니다만 양심의 감옥에 대한 얘기를 해보고는 싶었습니다. 이 소설은 살인죄 보다 양심의 죄가 얼마나 더 고통스러운지를 보여주잖아요. '양심의 감옥' 정말 멋진 말이지 않습니까?

김자가　양심의 감옥? 어디서 많이 들어본 것 같은데.

자베르　황상식 교수가 책 서평으로 썼더라구요.

김작가　(얼굴 굳어지며) 황상식 교수요?

자베르　선생님도 아시죠? 티비도 많이 나오는 소설가이자 문학 평론가 황상식 교수님. 그분은 인품도 대단해요. 어제 기사 보니까 불우청소년들에게 장학금을 주기로 했다고 하더라고요.

김작가 (시계를 보며) 시간이 벌써 이렇게 됐네… 사실… 자베르님이 이 수업 지원하실 때 제출했던 포트폴리오가 꽤 인상 깊었습니다. 죽음을 앞둔 한 남자가 한 여자에게 보내는 절절한 편지 형식이었죠?

자베르 맞아요.

김작가 그때 그 글은 아주 좋았어요. 말하고자 하는 관점이 명확하고 생생해서 (서랍을 열고) 가만 어디 있을 것 같은데…

자베르 (막으며) 선생님 저는 그것보다 오늘 작품이 어떤지 그 말씀이 듣고 싶습니다.

김작가 자베르님은 꼭 소설가가 되어야 한다는 이유가 있으십니까?

자베르 작가는 저작권이 사후 70년까지 지켜지고 상속, 양도가 가능하다기에…

김작가 (당황) 하긴 도스토예프스키도 돈 때문에 글을 미친 듯이 썼다고 하죠. 그의 작품을 보면 돈에 대한 묘사가 기가 막히게 자세하게 나오지요.

자베르 저 선생님… 도스토예프스키의 작품이 위대한 것은 전 세계가 잘 압니다. 제가 궁금한 것은 선생님께서 제 작품을 어떻게 보셨느냐 하는 것입니다.

김작가 (작품을 넘기며) 음… 작품의 문체를 논하기엔 아직 이르고… 작품의 주제를 보기엔 아직 완성되지 않았으므로

이 단계에선 아직 드릴 말이 없습니다. 단지 인간을 볼 때 너무 범죄유형으로만 보는 경향이…

자베르 저는 흥행작가가 되고 싶습니다. 범죄, 간통, 배신, 액션이 들어가서 재미없는 작품이 어디 있겠습니까?

김작가 자베르님은 시간 약속도 늘 정확하시고 어떨 땐 기계처럼 너무 완벽해 보이세요. 간혹 자베르님이 뭐하시는 분일까 궁금하기도 합니다.

자베르 첫 시간에 선생님께서 자기정보를 알릴만한 얘기를 하지 말라고 하셔서…

김작가 제가 학교 다닐 때 괜히 문학수업이랍시고 교수님이 인생비밀을 말해보라는 등 사생활을 캐는 시간을 제일 싫어했어요. 자기 입으로 자신이 어떤 사람이라고 말한들 그게 진짜 그 사람의 본모습도 아니니까. 그래서 저는 그런 수업을 지양해요.

자베르 저도 선생님에 대해 궁금한 점이 많지만 참고 있습니다.

김작가 아 그래요?

자베르 천재소리 듣던 신인작가가 어쩌다가 이 임대 아파트 내 도서관 집필실에서 숙식을 하시며 지내시게 되셨는지… 그리고 저 짐들은 몇 달 동안 풀지 않고 있는데 집을 아예 나오신 건지 결혼은 하신 건지 등등…

김작가 네?

자베르 사실 제가 황상식 교수의 글을 찾다가 봤는데 황교수가 선생님을 칭찬한 글이 많던데요. 20대 천재작가 탄생. 근데 선생님 요즘은 글 안 쓰세요?

김작가　그런 것은 신경 쓰지 마시고 제가 낸 숙제를 잘해 오시면 됩니다.

자베르　선생님께서 가까운 사람을 잘 살펴보라고 숙제를 내셨잖아요.

김작가　자베르님 저는 자베르님의 가까운 사람이 아닙니다.

자베르　아… 결례가 되었다면 죄송합니다.

김작가　자베르님이 써오신 이 작품은 완벽한 쓰레기입니다. (김작가 자베르 눈앞에서 작품을 좍 찢는다) 인간에 대한 편협한 시선과 남자의 망상으로만 가득 찬 이야기에요.

자베르　아니 편협한 시선이라고 어떻게 그렇게 단언하십니까?

김작가　(시계를 보며) 수업 끝날 시간이네요. 다음시간에 이어서 하겠습니다. 그동안 수정할 것 있으면 고쳐오세요.

자베르　네… 그럼… 다음 시간까지 안녕히… (다시 돌아와서) 참… 아까 .제가 지원서 쓸 때 냈던 작품이 정말 좋았습니까?

김작가　네 그건 정말 좋았어요.

자베르　그렇군요.

자베르 각도 있는 인사를 하고 나간다. 김작가 속이 터지는지…

김작가　위대한 개츠비!!.

책장에서 또 술을 꺼내 마신다. 전화가 온다.

김작가 네 선배!⋯ 네? 제가 원고를 빨리 주지 않으면 황교수의 원고가 먼저 나갈 거라고요? 그런 법이 어딨어요? 네? 네⋯ 저는 당연히 지금 마지막 교정 보고 있죠. 무슨 얘기냐구요? 음⋯ 음⋯ 우연히 서울역에서 한 남녀가 만나게 되요. 서로에 대한 환상을 갖고 헤어지게 되죠. 그러다가 둘은 자신들이 같은 문학수업을 듣는다는 사실을 알게 되요. 아⋯ 여기까진 너무 무난하다고요? 음⋯ 그⋯ 그 다음은 음⋯ 아! 선배 제가 지금 급하게 일이 생겨서요. 다음에 다시 통화해요.

4. 문학수업1 (며칠 뒤)

꽝꽝꽝 소리. 자베르가 공구함에서 망치를 꺼내 문고리를 수리하고 있다.

자베르　잘 되었나? 어디보자. 걸쇠로만 쓴 모양이네. 참 대단하다. 여자 혼자 이런 곳에서 겁도 없이.

밖에서 누가 문을 열기 위해서 당기고 있다. 동시에 당기다보니 문이 안 열린다. 문을 노크하고 있다.

자베르　어… 문이 완전히 끼었네… 잠깐만 기다리세요.

다시 망치질을 한 후 문을 연다. 문이 확 열리고 그 앞에 오필리어가 서 있다. 순간 전기가 온 듯 놀라서 쳐다보는 두 사람. 자베르는 손에 망치를 치켜들고 있는 상태다.

오필리어　어!… 어!
자베르　어… 어…
오필리어　어… 혹시… 우리 어디서??
자베르　아… 혹시??
오필리어　어… 맞죠? 서울역?

자베르　어… 어떻게 여기로?

오필리어　어… 제가 할 말인데…

자베르　우아… 다시 만나게 될 줄…

오필리어　여기서 볼 줄은… 저 그런데 그 망치는 좀 내려주세요.

자베르　아… 죄송합니다.

오필러어　혹시 저 찾으셨어요?

자베르　아니요. 제가 왜?

오필리어　그럼 왜 여기에?

자베르　저는 여기서 문학수업을 듣습니다.

오필리어　네? 여기서 문학수업을 듣는다고요?

자베르　혹시… 그쪽도?

오필리어　그럼… 그때 서울역에서 계셨던 건… 혹시 그쪽도 숙제?

자베르　(고개 끄덕) 아… 그랬구나…

오필리어　(실망) 아… 어쩐지… 우리가 우연히 만난 게 아니네요.

자베르　그쪽도 의도적으로 접근한 건 아니군요.

이때 작가가 화이트보드 칠판을 끌고 낑낑대며 들어온다.

김작가　어… 두 분 벌써 오셨네요. 이것 좀 도와주세요.

화이트보드 칠판을 파티션처럼 가려서 작가 모르게 오필리어
가 자베르에게 말을 한다.

오필리어 (은밀하게) 우리가 서울역에서 그렇게 마주쳤다는 말은 선생님께 하지 말아주세요.

자베르 저도 같은 생각입니다.

오필리어, 자베르 같이 고개를 끄덕인다.
작가가 화이트보드를 수업하기 좋은 중앙 자리에 잘 위치시킨다.

화이트보드에 '침팬지 아이큐 80, 돌고래 아이큐 70'이라고 쓰여 있다.

김작가 참 두 분 서로 인사하세요. 이쪽은 우리 오전반의 오필리어님. 이쪽은 오후반에 자베르님.

오필리어 안녕하세요. 처음 뵙겠습니다.

자베르 네… 처음 뵙겠습니다. 오필리어라면 햄릿의 그 오필리어?

오필리어 맞아요.

자베르 제가 학교 때 연극반을 해서 좀 압니다. 오필리어가 햄릿 약혼자죠?

오필리어 네 잘 아시네요.

자베르 사랑 때문에 결국 미쳐서 머리에 꽃 꽂고 다니다가 물에 빠져 죽는 그 인물이죠?

오필리어 그렇게 짧게 정리하니까 오필리어가 그냥 미친년이 되네요. 자베르는 레미제라블에 그 형사 자베르?

자베르　네 맞습니다.

오필리어　빵 하나 훔친 죄로 긴 옥살이를 견딘 불쌍한 장발장을 피도 눈물도 없이 평생 뒤쫓다가 자괴감에 스스로 물에 빠져 죽은 그 인물이죠?

자베르　오… 그렇게 짧게 정리하니까… 자베르도 이상한 놈이 되네요.

김작가　두 분… 왠지 잘 어울리시네요.

자베르　그런데 저 칠판의 쓰인 내용은 뭡니까? 침팬지 아이큐는 80, 돌고래 아이큐 70!

김작가　아… 윗층 도서관에서 심리학특강이 있었어요. 수업 끝나자마자 빌려온 거예요. 저도 잠깐 강의를 들었는데 참 재미있더라고요. 침팬지 아이큐가 80이고, 돌고래 아이큐가 70인데 사람이 우울할 땐 침팬지 아이큐처럼 80이 되고, 화가 났을 땐 돌고래 아이큐처럼 70으로 떨어진다네요.

오필리어　재미있다. 그 말을 듣고 보니 정말 그런 것 같아요.

자베르　네 일리가 있네요.

오필리어　네… 저 선생님 잠깐만요. 저 급하게 화장실 좀.

오필리어 손가방을 들고 나간다.

자베르　선생님 문고리를 고쳤습니다.

김작가　아 고맙습니다.

자베르　그리고 이건 아이스박스, 냉장고를 구해오고 싶은데 여의치 않아서 이거라도 혹시 쓰시려면 쓰세요.

김작가   이렇게 안하셔도 되는데…

자베르   (은밀하게) 선생님 오늘 작품 품평회를 합니까?

김작가   네… 메일로 보내주신 작품 이렇게 프린트도 했어요.
이것 좀 도와주시겠어요? 여기, 여기 찍어주세요.

스테이플러 찍는 것을 자베르가 도와준다.

자베르   오늘 제 작품은 안하면 안 될까요? 다시 보니 고칠 게
너무 많고…

김작가   처음 써보는 작품인데 당연히 고칠게 많죠.

자베르   선생님께서 너무 실망하실까 봐.

자베르가 김작가를 설득하려는데 오필리어 다시 들어온다.
그 사이 입술에 빨간 립스틱과 안보이던 화려한 스카프가 둘
러있다.

오필리어 저도 뭘 도와드릴까요?.

김작가   (원고를 주며) 이것 가져가세요. 오필리어님.

오필리어 네…

오필리어는 자베르를 의식하는 듯 좀 더 여성스러운 몸놀림
이다.

김작가   두 분의 작품 아주 흥미롭게 읽었습니다. 먼저 오필리어님께서 자신이 쓴 작품을 설명해주세요. 서울역에서 우연히 만난 두 남녀가 두 번째 만남을 어떻게 하게 되죠?

오필리어는 화이트보드에 간단한 필기를 하면서 설명을 해도 좋을 것 같다.

오필리어   (자베르를 상당히 의식함) 왜 떨리지?… 음… 서울역에서 우연히 만났던 남녀는 집에 가서 서로에 대해서 생각해요. 여자는 그 잘생긴 남자의 선한 눈동자를 잊을 수 없죠. 특히 그 남자가 했던 말 (남자 흉내) "혹시 누군가를 미친 듯이 미워하거나 기다려 본 적 있으세요?"라고 자신에게 물었던 말이 자꾸 생각났어요. 그 의미는 무엇일까? 여자는 본능적으로 느껴요. 이 남자에게서 지워지지 않는 상처가 있구나. 여자는 남자에게 연민을 느끼게 되죠. 여자는 후에 그 남자를 만난 곳으로 다시 찾아가보지만 그 남자는 나타나지 않아요.

김작가   지난번엔 남자가 여자를 찾아가지만 여자가 숨었고 이번엔 여자가 남자를 찾는데 남자가 안 나타나네요. 그럼 결국 또 못 만나네요.

오필리어   선생님 제가 정말 노력을 해봤지만 우연히 만난 남녀가 다시 만나게 하는 게 너무 작위적이라는 생각이 들어서 못 썼어요.

김작가　남녀가 두 번째 만나야 드라마가 형성된다고 그렇게 말
　　　　씀드렸는데…

오필리어　(자베르를 보며) 현실이 소설보다 센데 내가 소심했네.

오필리어 자베르를 차마 못 보고 쑥스럽다는 듯 조신하게 앉
는다.

자베르는 이야기를 듣는 내내 불편한 얼굴이다.

김작가　자베르님이 오필리어님께 조언을 해주고 싶으시다면
　　　　요? 참… 자베르님도 서울역에서 우연히 만난 남, 녀
　　　　이야기를 쓰시잖아요…

오필리어　(놀라는 척) 어머 이런 우연이!!

자베르　음… 저는 고칠 게 많아서… 다음 시간에 발표를 하면
　　　　안 될까요?

김작가　왜요? 너무 궁금한데… 오필리어님도 궁금하시죠?

오필리어　네… 너무 궁금해요.

김작가　그럼 박수칠까요?

오필리어　와… 발표해! 발표해!

오필리어 뭔가 기대에 차서 박수를 친다.

자베르　음… (더듬거리며) 서울역에서 인상 깊은 만남을 가졌던
　　　　남,녀는 여자가 떠난 후… 남자는… 여자를… 궁금해…
　　　　여자가 착해 보이고… 남자는… 아니… 여자는… 남자

에게 잘해주고…

김작가 어… 잠깐만요! 자베르님이 쓰신 내용은 그게 아닌데 요.

자베르 지금 바꿨습니다.

김작가 쓰신 대로 하셔야죠. (작가가 대신 읽는다) 서울역에서 잠 복근무를 하던 남자는 여자가 다시 나타나기를 기다렸 다. 역시 남자의 촉대로 여자는 또 다른 범죄대상을 물 색하고 있었다. 그녀는 서울역에서 유명한 꽃뱀, 흑장 미였다. 그녀의 빨간 립스틱도 그녀가 두른 화려한 스 카프는 남자를 유혹한 후 목을 조이는 용도로 쓰이는 것이었다. 남자는 먼발치에서 그녀를 지켜보기만 했다. 당장이라도 잡을 수 있었지만 더 큰 범죄를 저지를 때 까지 지켜보기로 했다.

표정이 점점 굳어지던 오필리어는 목에 두르던 스카프를 풀 어서 입술의 빨간 립스틱도 지워버린다. 자베르는 오필리어의 눈치를 본다.

자베르 너무 엉망이라… 많이 고쳐야 합니다.

김작가 그래도 자베르님의 남녀는 다시 만났네요. 같은 장소에 서 두 번째 만남을 하였죠. 드라마에서 두 번째 만남은 정말 중요한 포인트입니다. 오필리어님이 보시기에 어 떠신가요?

오필리어 네 진짜 관계는 두 번째부터 시작되는 것 같아요.

김작가   그렇죠. 드라마의 갈등이 더 단단해지죠.

김작가에게 전화가 온다.

김작가   통화 좀 하고 올게요.

김작가 나간다. 오필리어와 자베르 어색하게 앉아있다.

자베르   오필리어님은 이야기를 참 아름답게 쓰시네요. 그 서울
역의 남녀가 참 아름답습니다.

오필리어 아 예… 그 쪽은 이야기를 참 드라마틱하게 쓰시네요.

자베르   작품이란 것은 모티브를 가져와서 작가가 자유롭게 만
드는 거니까요.

오필리어 자베르님은 작품에 자신을 많이 투사시키셨나 봅니다.

자베르   네? 투사요?

오필리어 네… 투사!! 뭐 그런 어려운 말이 있어요. 암튼…

자베르   저는 좀 더 대중적인 작품을 써보고 싶은 게 꿈입니다.
좀 더 많은 사람들이 볼 수 있는… 그런…

오필리어 네… 네… 저는 그 책 나오면 안 봐요.

자베르   왜요?

오필리어 일단. 너무 여성 혐오적인 시선이 가득 찼어요. 적어도
여자들은 그 작품 안 보겠네요.

자베르   말씀이 좀 지나치십니다. 제가 무슨 여성 혐오가 있단
겁니까?

오필리어 여자들한테 그런 걸 투사시키셨잖아요. 사과하세요.

자베르 뭘 아까부터 자꾸 투사시켰다고 하시는 겁니까?

오필리어 그런 게 있어요. 투사!

자베르 아니 이건 소설일 뿐이고 소설은 허구를 상상하는 건데 뭐가 잘못입니까? 오히려 본인이 제 작품에 자신을 투사시켜서 불편해 하시는 것 아닙니까?

오필리어 투사를 그런 식으로 쓰지 마세요!

자베르 이분 진짜 투사네. 파이팅이 넘치시네.

다시 자베르와 오필리어가 어색하게 떨어져 앉아있다.
자베르가 가방에서 오필리어에게 립스틱을 꺼내어 다가간다.

자베르 이거 그쪽 거 맞죠? 지난번에 흘리고 가셨던…

오필리어 어… 내 립스틱.

자베르 이걸 다시 만나서 드리게 될 줄은 몰랐네요.

오필리어 꽃뱀 증거로 갖고 계셨나 봐요.

자베르 제가 챙겨 드린 건데 자꾸 화를 내시니 너무 과하다는 생각입니다.

오필리어 아…이 스카프로는 남자의 목을 조일 수 있다고요? 어떻게 해야죠? 이렇게? 이렇게?

자베르 아… 이러지 마십시오.

오필리어가 스카프를 들고 자베르의 눈앞에서 목을 감싸려고 한다.

그러자 자베르는 자기도 모르게 본능적으로 나온 호신술 방어동작으로 자베르가 오필리어의 팔을 뒤로 꺾는다.

오필리어 아!… 이거 뭐하는 짓이야? 이거 안 놔? 진짜 아퍼!

오필리어가 한쪽 팔이 꺾이자 놀라서 자베르를 다른 한손으로 때린다. 그럴수록 자베르가 오필리어 팔을 더 꽉 잡는다.

자베르 아… 잠깐만 당신이 이러면 내가 팔을 못 놓아 주잖소.

자베르가 팔을 꺾은 것을 풀자마자 오필리어가 자베르의 정강이를 차버린다. 자베르는 고통에 깡충깡충 뛴다. 전화를 하면서 들어오는 김작가가 그 모습을 본다.

오필리어 (소리 지르며) 선생님! 저 이 수업 못 하겠어요!
김작가 (전화대고) 네 선배… 작품은 잘 되고 있어요. 걱정 마세요. 시끄럽다고요? 아… 여기 침팬지하고 돌고래가 싸우고 있어서 그래요.

암전.

5. 문학수업 2

영상화면 – 오래된 임대 아파트의 건물과 풍경, 그 앞의 사람들의 모습, 꼬마들과 노인들의 모습이 흑백 영상으로 흐른다. (이 영상은 오필리어가 찍은 것들이다)

무대에 영상과 음악이 자연스럽게 흐른다. 밥딜런의 〈바람만이 아는 세상〉이 흐른다. 집필실에 없던 턴테이블이 세팅되어 있다. 엘피판에서 나는 음악이다.

오필리어가 엘피 판을 닦으며 밥딜런의 가사를 감상에 젖어서 무아지경으로 노래를 부르고 있다.
이때 자베르가 들어온다. 오필리어를 보고 놀라서 다시 나가려다 다시 들어와서 오필리어에게 인기척을 내지만 오필리어는 눈치 채지 못한다.

자베르   얼마나 먼 길을 걸어봐야 비로소 참된 인간이 될수 있을까?

오필리어 (깜짝 놀람) 악! 어머 놀라라.

자베르   비둘기가 얼마나 많은 바다를 날아야 백사장에 편히 잠들 수 있을까 얼마나 많은 포탄이 휩쓸고 지나가야 더 이상 사용되는 일이 없을까 나의 친구, 그 해답은 불어오는 바람에 실려 있어. 바람만이 그 답을 알고 있지. 밥 딜런의 바람만이 아는 세상.

오필리어 (깜짝 놀람) 들어오시면 인기척을 하셔야죠.

자베르 혼자시네요.

오필리어 네?

자베르 (서울역에서 오필리어 말투 흉내) 밖에는 모두 분주한 표정들인데 혼자 가장 여유로워 보이신다고요.

오필리어 네?

자베르 아… 실례가 되었다면 죄송합니다. 오필리어님 다시 봤습니다. 노벨 문학상에 빛나는 밥딜런의 곡을 그렇게 술술 부르시다니.

오필리어 그런 것도 아시네요.

자베르 그런데 이 턴테이블은 뭔가요?

오필리어 아파트 분리수거장에 버려져 있는 걸 가져왔는데… 다행히 되네요. 제가 마침 엘피판을 많이 갖고 있어서 선생님 들으시라고 가져 왔는데 선생님은 신세대니까 스마트 폰으로 들으시겠죠.

자베르 (서로 통하는) 하긴 아직 선생님이 어려서… 이런 맛을 모를 거예요.

오필리어 사실 우리보다 한참어리잖아요.

자베르 그죠? 우리가 얼마나 힘든 시대를 살았는지 애들은 모르죠?

오필리어 그죠. 애들이 뭘 알겠어요.

자베르 그렇죠. 참 오필리어님과 저는 비슷하죠?

오필리어 뭐 글쎄요. 참 「안나까레리나」는 다 읽으셨나요? 저는 이제 중권 읽고 있는데…

자베르 「안나까레리나」요? 아뇨. 아직.

오필리어 아직도 못 읽으셨어요?

자베르 읽어야 되나요?

오필리어 서울역에서 책 들고 계시던 거요.

자베르 서울역? 저는 「안나까레리나」가 아니고 「죄와 벌」을 들고 있었는데요.

오필리어 그때 위대한 러시아작가라고 쓰여 있는 것을 얼핏 봤는데.

자베르 위대한 러시아작가 도스토예프스키.

오필리어 그럼 "행복한 가정은 모두 엇비슷하고, 불행한 가정은 불행한 이유가 제각기 다르다"는 말 모르세요?

자베르 글쎄요?

오필리어 그 책 첫 장에 쓰인 말인데.

자베르 가만 그 말을… 10년 전에 누가 나한테 해준 것 같은데…

오필리어 폭력이나 쓰는 사람한테 그래도 주변에 교양 있는 분이 있었나 봐요, 이거 어려운 말인데…

이때 작가가 들어온다.

김작가 죄송해요. 기다리셨죠. 제가 분리수거장에서 뭘 좀 찾느라고요.

오필리어　뭘 잃어버리셨어요?

김작가　자베르님이 말씀하신대로 여기 도둑이 들어 왔나 봐요.

자베르　아… 그렇습니까? 잃어버리신 게 뭔가요?

김작가　책 몇 권하고 제 메모?

자베르　금전적인 건 하나도 안 건드리고?

김작가　네… 도둑이 그런 것도 가져 갈까요?

자베르　(가우뚱) 도둑은 아닌 것 같은데 다시 잘 찾아보시면 나올지도요.

김작가　자 일단 수업을 시작하죠.

자베르와 오필리어가 필기구를 꺼내어 단정하게 앉는다.
김작가는 화이트 보드 앞에서 필요하면 필기도 한다.

김작가　좋은 작가와 나쁜 작가의 차이는 뭔지 아세요?

오필리어　소재를 잘 찾는 작가?

자베르　주제를 잘 잡는 작가?

김작가　과감하게 버릴 줄 알아야 해요. 자신이 그 문장을, 그 장면을 얼마나 공들여 썼는지 중요하지 않아요. 전체의 균형을 망치는 부분이라면 과감하게 잘라야 전체가 살아요.

둘 다 끄덕이며, 필기한다.

오필리어　그게 첫 장면이어도요?

김작가　첫 장면도 예외는 아니죠.

자베르   (오필리어에게 조용히) 사실 저는 오필리어님을 두 번째 만나게 된 것도 너무 좋았습니다. 오필리어님이 제 앞에 서 있는데 정말 기적 같더군요. 결론은 첫 만남부터 너무 좋았다는 겁니다.

오필리어 콧방귀를 끼며 듣는 둥 마는 둥.

김작가   작품 안에서 등장인물들의 '갈등'은 필수예요. 갈등과 충돌의 개념은 좀 달라요. 충돌의 개념은 두 힘의 축이 부딪혀서 한쪽이 깨져야 끝이 나는 구조지요. 그에 반해 갈등이란 단어를 보면 칡 갈자에 등나무 등자를 쓰죠. 말하자면 칡나무에 등나무가 복잡하게 얽혀있는 형상예요. 얽혀있다는 것은 반대로 풀 수 있다는 뜻이 들어있죠.

오필리어   어머 너무 멋져요. 갈등은 칡나무에 등나무가 복잡하게 얽힌 형상이란 말이 너무 시적예요. (열심히 필기)

김작가   이 갈등을 구조적으로 잘 얽히게 한 후 어떻게 잘 푸느냐에 따라 그 극이 재미있어 지는 거예요.

오필리어의 옆모습을 보던 자베르.

자베르   (오필리어에게 몰래) 그러고 보니 오필리어님 혹시 우리 그전부터 알던 사이인가요? 이 방향에서 보니 굉장히 낯이 익은데요.

오필리어 선생님! 자꾸 얽히는 등나무 같은 인간들은 어떻게 쳐 내야 할까요?

자베르 우리 인생도 그런 것 아닐까요? 극의 구조와 같네요. 하하하.

오필리어 선생님 숙제검사해요.

자베르 (당황하며) 아우 얄밉다. 이런 학생 꼭 있어.

김작가 제가 드라마의 배경이 될 수 있는 공간을 찾아오라고 숙제를 내어 드렸죠.

오필리어가 가방에서 사진을 꺼내어 벽에 붙인다.
임대 아파트의 풍경들이다. (앞의 영상의 사진)

자베르 와 사진이 좋네요. 수업 들으러 올 때마다 다른 사진들 이 붙어 있어서 다 선생님이 찍은 사진인가 했는데 오 필리어님이 찍은 사진이군요. 정말 좋던데. 항상 보던 풍경도 달리 보이더라구요.

오필리어 자베르님은 숙제 안 하시나 봐요.

자베르 아우 진짜 얄미워.

김작가 이 사진을 찍으신 이유는요?

오필리어 이 아파트에는 드라마가 널려있어요.

자베르 어! 가만 보니 여기 101동 우리집 통로네.

오필리어 101동 사세요?

자베르 네… 혹시 오필리어님도?

오필리어 아… 아뇨…

자베르 이 방향으로 우리 집을 바라보긴 첨이네요. 이거 핸드
폰으로 찍은 사진 맞습니까? 사진작가 하셔도 되겠습
니다.

이때 밖에서 문 두드리는 소리가 들린다.

김작가 아 관리실에서 왔나 봐요. 잠깐만요. (나간다)

오필리어 (자베르에게) 근데 혹시 그때 제 스카프 못 보셨어요?

자베르 무슨 스카프요?

오필리어 자베르님이 말한 제 꽃뱀 스카프라는 거 그거 제가 아
끼는 건데.

자베르 참… 팔은 괜찮으세요?

오필리어 (자베르가 팔을 잡을 듯 다가오자 경계) 저는 폭력적인 남
자는 딱 질색입니다. 도대체 뭐하는 분이세요?

자베르 제가 호신술 습관이 있어서 본능적으로 저도 모르게 그
만…

오필리어 저는 자베르님과 같은 폭력적인 사람과 수업을 듣고 싶
지 않은데요. 요즘 선생님이 몸도 아프시다고 하시고,
여기 집필실 만료 날짜도 다가온다고 해서 하는 수 없
이 참고 있어요.

자베르 그럼 이제 문학수업을 안하는 겁니까?

오필리어 내년부터 더 이상 구립도서관 지원이 없대요. 그리고
여기 아파트도 재개발 들어가면 주민들도 다 이사 갈
테고.

자베르 오필리어님도 이사 가십니까?

오필리어 저라고 뭐 버틸 여력 있나요?

이때 오필리어에게 전화가 온다.

오필리어 여보세요? 응 그래. 엄마야. 김서방은? 거긴 몇 시야? 지금 잘시간 아니니? 그래. 괜찮아. 뭐? 산통이 있어? 아… 아직… 다음 달에 나올 것 같다구? 그래 몸조리 잘 하구. 엄마는 괜찮아. 걱정 마. 그래 끊어.

자베르 혹시… 그 전화…

오필리어 우리 딸 전화요.

자베르 아… 딸도 있으시구나… 딸이 큰가 봐요.

오필리어 만삭이라서…

자베르 (놀라서) 네? 아니 벌써?

오필리어 자베르님은 가족이 어떻게 되세요?

자베르 저는…

오필리어 아참! 선생님께서 이 수업엔 자기 신상 얘긴 하지 말라고 하셨지…

자베르 본명은 뭐예요. 오필리어님.

김작가 들어온다.

작가 오늘 수업은 여기까지 해야 할 것 같아요. 제게 급한 일이 생겨서.

6. 작가 이야기

〈며칠 뒤〉 작가 집필실이다.

날씨가 추워졌는지 두꺼운 겉옷을 입은 작가가 비닐봉지에 술, 컵라면 등을 들고 들어온다. 자베르가 준 아이스박스를 열자 소주와 소주병이 가득하다. 술을 채워 넣는다. 문이 또 안 잠기는지 닫아두면 살짝 열린다. 작가가 노트북 앞에서 글을 쓰기 시작하는데 전화 온다.

김작가 네 선배. 죄송해요. 벌써 한 달이 지났죠. 또 날짜를 어겼네요. 한 달만 시간을 더 주시면… 뭐라구요? 제 작품은 천천히 써도 된다구요? 아니 왜요? 네? 황교수가 책이 먼저 나왔다고요? 올해는 마감이라고요? 선배 정말 너무해요. 제 작품을 먼저 출판하기로 하셨잖아요. 선배… 저 올해 작품 출판해야 젊은 작가 지원받을 수 있어요. 네 맞아요. 만 35세 넘으면 안 되거든요. 네 그러니까. 작품 그러니까 한 달만 기다려 주세요. 네? 황교수 추천이면 가능하다구요? 그건 좀… 선배! 선배!
(전화 끊었다)

김작가 고통스러운 표정이다. 고민하다가 술을 한 모금 마시고 어딘가 전화를 한다.

김작가 여… 여보세요. 아… 전화번호 안 바뀌었네요. 나야 뭐… 그 집 정리했다고 들었어요. 아… 부인이 들어와서 얘기를 더 못한다고? 저기… 이번 신간 지성출판사에서 내기로 했다고… 여보세요… 여보세요… (상대가 끊었다) 이 개새끼!

김작가는 술을 한잔 따라서 또 마신다. 책상에서 무언가를 찾는다. 오필리어가 두고 간 화려한 스카프를 꺼낸다. 튼튼한지 당겨본다. 그 스카프를 꺼내어 목을 매달기 편하게 고리를 만들어서 목에 건다.

김작가 (슬픔에 젖어서) 저를 사랑해주신 여러분. 저는 이제 이 세상 먼지가 될까 합니다. '영혼의 슬픔은 당신을 병균보다 더 빨리 죽게 한다'란 말이 있습니다. 바로 노벨문학상을 탄 작가 존스타인… 존스타인… 존스타인 그 사람이름이 뭐더라… 아… 술 때문인가 생각이 안 나네.

김작가가 책상에서 내려와서 컴퓨터를 다시 검색해본다. 화이트보드에 대고 잊어버리지 않게 위해 쓴다. '영혼의 슬픔은 당신의 병균보다 더 빨리 죽게 한다' 존스타인벡—

김작가 맞어. '영혼의 슬픔은 당신의 병균보다 더 빨리 죽게 한다' – 존스타인백– 아… 노벨 문학상에 빛나는 당신도 영혼의 슬픔이 있었나 보죠.

김작가 책상에 다시 올라가서 목에 스카프를 걸고 댕겨보려
는 찰나에 갑자기 문이 꽝 열리면서 편한 옷차림의 오필리어
가 들어온다.

오필리어 선생님. 축하해주세요. 제가 드디어 10년 만에 「안나까
레리나」를 다 읽었어요. (김작가의 목에 맨 스카프를 보고)
어머! 이 스카프가 왜 선생님한테? 어디 갔나 했더니
얼른 푸세요. 이거 정말 재수 없는 스카프예요.

오필리어가 김작가의 목에 건 스카프를 풀어서 휴지통에 넣
어버린다. 그리고 오필리어가 큰 가방에서 코트를 꺼내서 김
작가에게 입혀준다.

오필리어 이게 잘 맞으려나?
김작가 어? 이게 뭐죠?
오필리어 이거 선생님한테 잘 맞을까 하고 제가 준비해봤어요.
여기가 너무 춥잖아요. 선생님이 자주 입으시는 슈트가
얇아서 감기 걸리실까봐.
김작가 괜찮은데… 그런데 어떻게 오셨어요?
오필리어 네 지나가다 들렀어요. (가방에서 보온병에 담긴) 그리고
이건 따뜻한 차예요. 한 잔 드세요. 이 차가 마음을 안
정시켜 준대요. 참 그리고 우리 그동안 술 한잔 할 기회

도 없었는데 모여서 한잔 할까요?

김작가　(약간 취해서) 그럴까요?

오필리어　참 선생님 술도 잘 못하시죠?

암전.

영상 / 흔들거리는 밤
　　　　차에서 보이는 서울 거리.
　　　　쓸쓸해 보이는 풍경.

7. 여행자들의 이야기

작가가 아이스박스에서 소주병을 하나씩 꺼내어 책상 위에 올려놓는다.

김작가 이 정도는 되려나? 아… 안주.

작가가 마른 오징어를 꺼내어 올려놓는다.
문을 열고 요란하게 오필리어가 들어온다.

오필리어 짠— 선생님 저는 맥주와 치킨을 준비했어요. 역시 술은 치맥이죠.

뒤이어 자베르 들어온다.

자베르 저는 이게 뭘까요? 멕시코에서 온 정열의 데낄라~!

자베르와 오필리어는 얌전하게 학생 책상에 앉는다.

김작가 오늘 제가 그동안 수업의 법칙을 바꾸려고 해요. 그동안 우리가 서로 어떤 사람인지 잘 모르고 지냈죠. 오늘

은 자유롭게 자신이 어떤 인물인지 설명해보는 시간을
가져보면 어떨까요?

오필리어　맞추기 게임 어떨까요?

자베르　자… 자… 그전에 우리 술 한잔 해야죠.

자베르가 술을 따른다. 폭탄주를 멋지게 섞는 자베르.
건배 후 두 학생은 김작가 앞에서 고개를 돌려서 마신다.

김작가　어머 고개 돌리시지 마시고 편하게 드세요. 사실 제가
더 어린데.

오필리어　그래도 선생님이신데요.

자베르　한번 스승님은 영원한 스승님이죠.

오필리어　그럼 누구부터?

김작가　가나다 순으로?

오필리어　그런데 본명을 몰라서. 근데 이거 뭘 일부러 하려니까
참 어색하네요.

김작가　참 오필리어님 「안나까레리나」를 다 읽은 소감이 어떠
셨나요.

오필리어　쓰레기더라구요.

김작가　(충격) 어머… 대 문호 톨스토이를 쓰레기라고 하시다니

오필리어　안나가 결국 불행해지잖아요. 기차에 만나서 기차에서
죽다니. 결국 여자는 그렇게 비참해진다는 건가요? 톨
스토이가 그렇게 여자를 생각하다니 정말 실망에요.

김작가　톨스토이는 그 당시 귀족 출신인데 불륜을 저지른 여자

를 행복하게 그리는 것이 부담스러울 수도 있었겠죠.
하지만 그의 작품엔 인간에 대한 성찰과…

오필리어 대문호들 가만 보니 거품이 많아요.

김작가 (더 놀라서) 와우!

자베르 맞아! 몇 백년간 남는 스토리는 다 막장 드라마더라고
요. 불륜, 치정, 질투, 살인! 대문호들의 대단한 흥행감
각!

김작가 (심장을 부여잡고) 와우!

오필리어 그거 평론가, 교수들이 막 빨아줘서 그런 거잖아.

자베르 시험문제 풀어야 하니까 좋은 작품이라고 그냥 외워서
그런 거 아냐?

김작가 (충격) 와우!!

자베르 자… 죽은 작가들 얘기는 그만하고 우리 생존 작가들
얘기해요.

오필리어 게임해! 게임해!!

자베르가 술잔에 술을 따른다.

오필리어 자베르님은 지금 혼자 산다? 맞으면 자베르님이, 틀리
면 내가 마시고.

자베르 (마신다) 오필리어님도 혼자 산다. 오필리어님이 틀리면
내가 마시고.

오필리어가 자베르에게 술을 준다. 자베르가 술을 마신다.

김작가　　그럼 내 차례. 두 사람 이혼했다. 맞으면 두 사람이 마
　　　　　시고, 틀리면 내가 마시고.

　　　　　오필리어가 마시고 자베르가 안 마신다.

김작가　　어? 그럼… 자베르님은 미혼이다. 맞으면 자베르님이
　　　　　마시고 아님 내가 마시고

　　　　　자베르가 김작가에게 술을 준다. 김작가 마신다.

김작가　　그럼 별거?
자베르　　뭐 비슷해요.
김작가　　아기는 있다. 맞으면 내가 마시고, 틀리면 자베르님이
　　　　　마시고.

　　　　　순간 자베르가 술병을 들고 꿀꺽꿀꺽 삼킨다.

자베르　　한 가지 얘기 해줄까요? 내가 사실 전직 강력계 형사예
　　　　　요.
오필리어/김작가　　아…어쩌지…
오필리어　　어… 혹시? 중부서?
자베르　　(생각나는 듯) 오필리어님… 맞죠? 우리 봤죠? 10여 년
　　　　　전 가정폭력 피해자로 자주 왔던 그 여자.
오필리어　　아… 그때 그 경찰.

자베르　　'행복한 가정은 모두 엇비슷하고, 불행한 가정은 불행한 이유가 제각기 다르다' 그 말!

오필리어　(술 마시고) 세상 참 좁네…

자베르　　오필리어님이 피 범벅인 멍한 얼굴로 계속 이 말을 중얼거렸죠? 남편은 술 먹고 누워있고… 그 장면이 너무 특이해서 기억해요.

오필리어　(술 한잔 마시고) 오랜 기억이네. 새벽마다 우리 집에 경찰들이 워낙 많이 와서… 그 중 한 분일 줄은 몰랐네요. 그런 일 있을 때마다 너무 미안해서 파출소에 쿠키를 잔뜩 구워서 갔었는데. 덕분에 그 파출소에 제 쿠키가 남아돌았을 걸요.

김작가　　(쿠키통을 열고) 이 쿠키요?

자베르　　아… 이제 생각났어요. 그 쿠키! 우리 아들 가져다주면 좋아했던 그 쿠키! 호두, 초콜릿 아몬드가 골고루 들어간 쿠키.

오필리어　제 쿠키 먹은 그 아들도 많이 컸겠네

서로 각자 생각에 빠져서 술을 한잔씩 마신다. 다들 적당히 취했다.

자베르　　(술 마시고) 내가 하나 문제를 낼게요. 우리나라 4대 범죄가 뭘까요?

김작가　　살인, 강도?

오필리어　강간, 방화.

자베르 딩동댕! 한 가지 더 문제를 내죠. 총 든 강도, 칼 든 강도, 맨몸의 강도 중에서 가장 다칠 확률이 적은 강도는?

김작가 맨몸 강도.

자베르 땡.

오필리어 총 든 강도.

자베르 딩동댕.

김작가 어째서요?

자베르 선생님 같으면 자기한테 강력한 무기가 있으면 죽일 필요까지 있겠어요? 지금부터 10년 전 우리집에 강도가 들었어요. 잡고 보니 미성년자 고등학생이었어. 내가 명색이 형사라고 안일하게 생각해서 그 놈들을 보내줬어요. 그때 애들이 나가다 우리 5살밖에 안 된 아들놈을 한 대치고 도망갔는데 우리 아들이… 숨을 안 쉬더라고요. (오피리어를 보고) 이제 그 녀석은 쿠키 못 먹어요… 정말 그 놈들을 다시 잡아서 죽여 버리고 싶었어. 가슴에 총을 품고 다녔지요. 그러다가 내가 정말 누구 하나 죽이겠구나 하는 생각이 들더라고. 그 길로 형사를 그만뒀어요. 애 엄마는 내가 용서 안 되는지 그 길로 부산친정으로 가서 연락을 안 해요. 날 보면 아이생각이 나서 도저히 볼 수가 없대.

김작가 혹시 이 수업 지원서에 냈던 포토폴리오가 혹시? 부인에게 쓴 편지?

자베르 제 유서였습니다. 선생님이 잘 썼다고 했던 그 글.

김작가 아… 어쩐지…

오필리어가 술을 따라서 자베르 준다.

오필리어 그래서 서울역에서 그런 말을 하셨군요?

자베르 무슨 말?

오필리어 혹시… 누군가를 미친 듯이 미워하거나 기다려 본 적
있으세요?

자베르 그 말을 들어준 사람을 다시 보게 될 줄은 전혀 몰랐습
니다.

김작가 두 분이 서울역에서 만나신 것 저도 알아요.

오필리어 네 아실 거라고 생각했어요.

김작가 자베르님은 부인을 안 만나실건가요?

자베르 계속 이혼서류를 보내는데 제가 잡고 있었거든요. 사실
제가 돈이라도 많이 벌어서 부인에게 위자료라도 넉넉
히 줄 때 이혼하려고 했는데… 마누라 새 출발 할 시간
만 잡았네요.

오필리어가 엘피판 음악을 고른다.

오필리어 제가 저쪽 로타리에서 엘피판 가게를 하거든요.

김작가 아… 거기가 오필리어님 가게였군요.

오필리어 그런데 이제 곧 정리해요.

김작가 왜요?

오필리어   왜긴요. 엘피 듣는 사람이 없으니까요. 맨날 가게 앞에
서 신호위반 단속하는 짭새들과 씨름이나 하고… (자베
르를 보며 입을 막는다)

자베르   저는 전직 짭새라서 괜찮습니다. 지금은 취준생입니다.

오필리어   예전엔 경찰에 신세졌는데 지금은 시달린다고 욕하고
있네요. 인생은 참 재밌어요.

자베르   가만… 오필리어님을 만났던 그 동네는 여기와 굉장히
다른 동네였는데… 기사님 딸린 검은 차가 즐비한 동
네.

오필리어   처음엔 저도 꽤 부자들만 사는 동네에서 살았죠. 그러
다가 내 재산이 줄고 줄어서 지금 이 임대아파트에 왔
고…이젠 남한테 밥 한 끼도 제대로 못 살 형편이지만
뭐… 이것도 좋아요. 소설을 쓰고부터 내가 겪은 일이
다 소재가 되잖아요…

김작가   문화가 많이 다르지 않아요?

오필리어   다르죠. 내가 전에 살던 동네에서는요. 아직 다가오지
않은 가난을 상상한 것만으로도 괴로워서 가장이 자신
의 딸과 부인을 죽이는 일이 있었어요.

김작가   네? 상상만으로 가족을 죽였다고요?

오필리어   네… 그 남자가 주식투자를 실패했는데 지금처럼 못살
까봐 두려워서 그랬대요. 그런데 그 남자한텐 아직도
큰집 한 채와 통장에 현금 3억이나 있었는데도 말이요.

자베르   그 돈이면 충분히 새 출발을 할 수 있는데…

오필리어   멍청이들은 원래 겪어 보지도 않고 상상만으로 모든 일

을 벌여요. 책에서 봤네, 뉴스에 나왔네 하면서 아직 닥치지도 않은 일이 두려워서 벌벌 떨어요. 여기 아파트 어르신들은 폐지 줍고 사시지만 그럼에도 불구하고 또 살아가야 하는 게 인생이라구 말씀해 주시더라구요.

자베르　잠깐만요. (메모하며) 그럼에도 불구하고 살아가는 게 인생이라구요?

오필리어　저는 처절한 이혼을 세 번이나 해봤죠. 첫 번째 남편은 내가 20살에 15살 많은 부자였는데 내가 첫애 낳고 남편이 20살 어린 여자랑 바람나서 이혼했어요. 워낙 부자라서 정말 많은 위자료를 넘겨줬죠. 그 다음 남편은 코미디언이었는데 우울증이 심했어. 밖에선 그렇게 웃기면서 집에선 술만 먹으면 나를 때렸죠. (자베르를 보며) 난 우울한 걸 안 들키려고 더 행복한 척 했어요. 난 아직도 우울하면 쿠키를 굽는 버릇이 있어요.

자베르　그 폭력적인 남자는 어떻게 되었어요?

오필리어　어느 날 고백을 하더라구요. 자긴 남자를 사랑한다고… 잘 됐지 뭐. 내가 풀려난 거니까. 세 번째는 두 번의 이혼이 스트레스가 너무 컸었는지 내가 암 선고를 받았어요. 그 병원에서 선하게 생긴 장례사를 만나게 되었죠. 내가 죽을 때 남편이 잘 보내주겠지 하고… 든든해졌지요. 그래서 더 맘이 편해져선가… 암이 완치되어 버렸어. 그랬더니 이제 장례사 남편이랑 사는 게 힘들게 느껴졌어요. 죽은 사람이 많아야 돈 버는 직업이라 여보 오늘은 누가 죽었어? 라고 묻는 게 싫더라고… 그래서 서로를 위해서 헤어지는 것이 좋을 것이라고. 위자료를 많이 주고 이혼해달라고 사정했어요.

자베르 (취했다) 통화하시던 따님은?

오필리어 첫 번째 남편과의 딸인데 이혼하고 거의 못 봤어요. 쭉 미국에서 자라서 사실 만나도 이젠 말도 잘 안 통해요. 그냥 가벼운 의사소통정도만 할 뿐예요. 작년에 결혼했는데 이제 곧 아이를 낳는데요. 그렇게 자라준 것만 해도 고맙죠. 딸을 생각하면 사실 지금 죽어도 난 별로 아쉬울 게 없어요. 누구나 자기만 아는 죄의 목록이 있어요. 자신의 끔찍함이 들킬까봐 항상 두려운 거 아세요?

김작가 (취해서 필기) 누구나 자기만 아는 죄의 목록! 이거 너무 좋은 문장이네요.

자베르 이제 보니 오필리어님이 명언 제조기시네. 자. 모두 건배.

모두 건배한다.

오필리어 저 얼마 전에 황상식교수의 신작 〈뮤즈〉를 읽어봤어요.

자베르 술이 다 떨어져가네.

김작가 (술을 마시며) 황교수의 〈뮤즈〉는 어떻던가요?

오필리어 딱 바보 같은 똥명청이 기집애가 등장하더라구요.

김작가 네? 똥명청이 기집애?

오피리어 중년 교수에게 영감을 계속 준다는 그 뮤즈라는 여자는 온통 비극의 여주인공 흉내 다 내고 있더라구요. 그러

66

니 그런 선한 가면 쓴 늙다리 늑대한테 당한 게 아니겠어요? 내 여동생이었다면 저는 그년 머리끄댕이를 끌어다가 정신 똑바로 차리게 아구창을 한 대 날려 줬을 거예요.

자베르 어… 나도 지금 읽고 있는데 자기가 무슨 까미유 끌로델이야?

김작가 술을 연거푸 마신다. 오필리어가 책 묶음 내온다.

오필리어 그런데 선생님도 그 황교수 팬이신가 봐요. 신문 스크랩이 잔뜩인 걸 보니.

김작가 (놀라며) 이게 왜 여기? 그렇게 찾았는데…

오필리어 지난번에 버린다고 가져가도 된다고 했잖아요.

김작가 제가 언제요? (화를 내며 뺏는다) 왜 남의 걸 가져가세요?

오필리어 그렇게 화를 내시면 황교수의 뮤즈에 등장하는 그 똥멍청이 기집애가 선생님인 줄 알겠어요.

김작가 술이 떨어졌네. 잠깐만요. 위대한 개츠비!

「위대한 개츠비」에서 술을 꺼낸다. 그곳에서 술이 나오니 모두 놀란다.

자베르 (김작가의 양주병을 받아서 마시며) 어… 발렌타인 16년산이네… 우아… (마셔본다) 어… 이거 뭐야? 소주잖아? 선생님께선 소주도 참 우아하게 드시네요.

오필리어 (뭔가 의도하듯) 선생님 또 다른 술은 없으세요?

오필리어가 김작가의 책상을 뒤진다. 편지봉투 하나를 꺼낸다.

오필리어 이게 뭐죠? (읽는다)… 저를 사랑해주신 여러분. 저는 이제 이 세상 먼지가 될까 합니다.

자베르 어디 봐요. '영혼의 슬픔은 당신의 병균보다 더 빨리 죽게 한다' – 존 스타인백–

오필리어 이런 유서나 써놓고 말야.

자베르 유서?

김작가 (화를 내며 뺏으려 한다) 뭐하는 거예요? 당신들이 뭘 알 아요?

자베르 (다시 뺏어서 읽으며) 왜 유서에 남의 말을 인용해서 써? 존 스타인백은 뭐야?

김작가 어서 주세요. 당신들이 뭘 알아요?

자베르 선생님 실망입니다. 저보다도 유서를 못 쓰시네요.

오필리어 (김작가와 자베르가 한쪽씩 잡고 유서를 쭉 찢으며) 이건 쓰 레기입니다.

김작가 어머나.

자베르 제가 유서 쓰는 법 좀 가르쳐 드릴까요? 한 장 이상 빼 곡히 채워지지 않으면 아직 쓸 때가 아닌 겁니다.

오필리어 첨부터 수업시간에 자기소개하지 말라는 건 서로 가깝

게 얽히기 싫다는 뜻이란 거 잘 알아요.

김작가 네 맞아요. 저는 사실 똥 멍청이 기집애니까요.

오필리어 두려움은 상상할수록 커져요. 상상하지 말고 움직여요. 책상에나 앉아서 이 사람이 어떻고 저 사람이 어떻고… 이 좁은 곳에서 책이나 읽지 말고 세상으로 나가봐요.

자베르 우리 어디 갈까요?

오필리어 부산 갈래요?

자베르 부산?

김작가 (치킨다리를 집어 들며) 치킨은 불포화지방산으로 암세포 증식을 막는 항암작용에 도움을 주고 두뇌활동을 촉진시키고 콜라겐이 풍부하여 피부미용과 골다골증에 효과가 있으므로 많이 드십시오.

오필리어 그냥 먹어!… (모두 놀라 쳐다본다) 따지지 말고 그냥 해! 내키면 내키는 대로 그냥 해. 의미는 도처에 깔려있어요. 당신이 발견해주길 기다리고 있어요.

김작가 (놀래서) 네 언니.

자베르 가자! 우리 나가요!

암전.

서울역 안내방송
영상 / 기찻길에서 보이는 풍경

8. 여행자들의 문학수업

파도소리. 해운대 바다.

바다 앞에서 크게 심호흡을 하는 오필리어와 김작가.

오필리어 야호!

김작가 야호! 속이 확 트이네요.

같이 소리를 지르는 오필리어와 김작가.

김작가 자베르님은 잘하고 계시겠죠.

오필리어 10년 만에 부인을 보러 갔으니 엄청 긴장되겠어요.

자베르 온다.

오필리어 어… 어떻게 되었어요?

자베르 이혼서류에 싸인하고 왔어요. 옆에 좋은 남자가 생겼더라고요. 축복해주고 왔습니다. 이제 마음이 조금 홀가분합니다.

김작가 정말 잘 되었네요.

셋 다 앉아서 바다를 멍하니 본다. 파도소리 커진다.

멀리서 폭죽이 터진다. 피웅~- 팍! 하는 소리에 맞춰 폭죽이
터진다. 장소 일시에 밝아진다.

김작가 폭죽이네.

오필리어 와 이쁘다.

자베르 (한쪽을 가리키며) 저 사람들. 누굴 축하해주려 모였나 봐
요.

폭죽이 터지는 것을 한참 보던 세 사람. 각자 자신의 생각에
빠진 듯 멍하다.

김작가 내 인생도 저런 폭죽처럼 화려할 거라고 생각했어요.

오필리어 지금도 멋져요 선생님.

김작가 어릴 때부터 난 항상 최고여야 했어요. 아니 우리 어머
니가 그걸 원하셨죠. 학교 다닐 때도 언제나 모범생. 남
들 밖에서 뛰어다닐 때 난 언제나 책상을 지켰어. 선생
님들은 책상에 앉아 있는 나를 항상 칭찬했죠. 근데 솔
직히 어린애가 밖에서 뛰어 노는 게 정상이지. 학교에
앉아만 있는 게 정상예요?

자베르 완전 비정상이지.

오필리어 난 그런 애는 때려줬어.

자베르 역시 우리 오필리어님.

또 폭죽 또 터진다.

오필리어 어. 저기 애들 싸우나 본데?

자베르 (일어나서 나가려다) 어디? (다시 보고) 아… 저거 노래하는 거예요.

오필리어 노래? 지금 무리지어서 서로 욕하는데?

자베르 저거 프리스타일 랩. 즉흥 가사 만들어서 멜로디에 부르는 거.

오필리어 애들이 우리보다 문학적이구나.

자베르 우리 아들도 컸다면 저 나이 되었겠지.

오필리어 선생님은 쟤들하고 별 차이 없으시죠?

김작가 저요? 저는 잘 몰라요. 제 나이도 모르겠어요. 그냥 책에만 묻혀 살아서… 우리 엄마가 책속에 길이 있다고 했는데… 그냥 책속에 갇혀버린 느낌예요.

오필리어 선생님 막다른 길도 있는 법이죠. 그럼 돌아가면 되요.

자베르 그래 힘들면 그 길에서 잠깐 쉬어도 돼

오필리어 전화 온다. 망설이다가 받는다.

김작가 여보세요. 네 저예요. 아직 안 읽어봤어요. 실명은 안 썼다고요? 네 고맙다고 해야 할지 출판기념회요? (주저주저) 글쎄요… 다시 그 집으로 들어오라고요? 그건…

보고 있던 자베르가 전화를 뺏는다.

자베르 아… 여보세요? 황상식 교수님이십니까? 정말 영광입

니다. 아 누구냐구요? 우리는 문청모입니다. 문 학
청 년! 옆에서 혹시나 했는데… 정말 황상식 교수님이
시군요. 저는 교수님의 열혈 독자입니다. 아… 이번 신
작 뮤즈에서 좀 아쉬운 것이 너무 여성 혐오적인 시선
이 가득 찼더군요. 여자가 자기의 작품을 쓰기 위한 일
개 대상 정도로만으로 묘사가 된 것 같습니다. 도대체
그 교수는 양심이 있는 건가요? 아들과 부인에겐 부끄
럽고 어린 제자에겐 미안하지 않았나요? 아… 황교수
님이 아니구요. 극중 김교수 말입니다. 김교수가 뮤즈
라는 그 제자에게 동거를 강요하며 문학적 동지라고 하
는 부분 많은 독자들이 공감하지 못할 것 같군요. 아…
황교수님 말구요. 극중 김교수요.

오필리어 (전화를 뺏는다) 당신의 모습을 너무 투사시켜서 쓰신 것
아닐까요? 네… 투사요! 교수님이 투사란 말도 몰라요?

자베르 (다시 뺏는다) 우리 열혈 여성 문청분이십니다. 여자작가
들은 그 작품을 안 사 읽는다고 하시네요.

김작가 (다시 뺏는다) 여보세요… 저예요. 미안해요… 오늘 문학
수업 제자들 모임이 있어서요. 뭐라구요? 제자관리를
제대로 하라구요? (화가 난다) 그런 당신은 제자 관리를
잘했어? 아네요. 미안해요. 다시 전화할게요. 여긴 너
무 시끄러워서요.

김작가 전화를 끊는다.

김작가　제가 중요하게 할 말이 있었는데 그렇게 끼어드시면 어떡합니까?

자베르　아이구 저희가 실수를…

오필리어　죄송해요. 저도 모르게…

김작가가 결심한 듯 다시 전화를 건다.

김작가　여보세요. 저예요. 아까 제가 하려던 말을 제대로 전달 못 했어요. 이제 저 당신을 다시 보지 않아요. 저는 제 식으로 살아갈 거예요. 당신 원망도 하지 않을게요. 당신 사랑했던 시간도 사실이니까. 당신은 제 작품 속에서 자연스럽게 표현될 거예요. 저의 신작을 기대해주세요. (끊으려다) 아…그 집 처분한 몫은 제 계좌로 붙여주세요. 반은 제가 대출 받은 거잖아요.

전화 끊자 폭죽이 팡팡팡 더 화려하게 터진다.

김작가　(가방에서 종이 꺼낸다) 한 장의 미련!
　　　　한 장의 착각!
　　　　한 장의 집착!

오필리어　(같이 한다) 한 장의 허풍과
　　　　한 장의 허세와
　　　　한 장의 겉멋.

한 장씩 찢어서 파도에 보낸다.

자베르   이제 우리 선생님은 평생 남을 명작을 쓰실 거예요.
오필리어 못쓰면 어때요? 사람들은 죽고 나면 세상이 자신을 기
          억해 주길 바라는데 틀렸어요. 우리가 아무리 잘나 봤
          자. 우린 역사의 한줌 먼지예요. 그 먼지가 조금이라도
          세상 기억을 갖고 가면 되는 거예요.

먼 곳에서 관광객들이 틀어 놓은 음악이 들린다.

자베르   (정중히) 아름다운 먼지님 저와 춤 한 곡 추시겠습니까?
김작가   와 살사!
오필리어 좋아요. 외로운 먼지님 제가 살사를 좀 알죠.

자베르와 오필리어가 멋진 살사를 추고, 김작가도 나 홀로 댄
스를 즐긴다.

김작가   먼지들이 춤춘다. 이야… 우린 먼지다!! 자유로운 먼
          지!!

파도소리 커지고 자유로운 셋의 춤.

7. 에필로그

부산역이다.

부산역안내방송 출발 안내 말씀 드립니다. 10시 정각에 서울로 가
는, KTX 125 열차가 곧 출발합니다. 승차권을 구입한
고객께서는, 타는 곳 5번에서 열차에 승차해 주시기 바
랍니다. Attention, please. The KTX train number
125.departing for Seoul at 10 o'clock. will soon be
departing platform 5. (중국어. 일본어 멘트 이어지고)

자베르와 오필리어, 김작가가 서 있다.

김작가 두 분 서울로 가실 거죠? 저는 좀 더 돌아다니다가 갈
까 해요.

오필리어 잘 생각하셨어요.

자베르 오필리어님, 우리 그냥 내키는 대로 표를 끊고 가볼래
요?

오필리어 그거 좋죠.

김작가 좋아요. 두 분께 다시 숙제를 드릴게요. 영감을 받을
수 있는 이미지를 찾아오세요. 의미는 도처에 깔려있
습니다.

오필리어, 자베르   네 선생님!!

오필리어와 자베르 다정히 퇴장.

사이.

김작가 부산역을 두리번거리며 여러 광경들을 사진을 찍다가. 대합실 벤치에 한 남자가 앉아있는 것을 본다. 그 남자를 유심히 바라보던 김작가가 다가가 어색하게 그의 옆자리에 앉는다.

김작가   (어색하게) 이 부산역에서 혼자시네요.
남자   네?

신나는 음악과 함께 암전.
집필실에 세 사람이 환히 웃는 사진이 걸린다.

한국 희곡 명작선 06

여행자들의 문학수업

초판 1쇄 인쇄일   2019년 1월 16일
초판 1쇄 발행일   2019년 1월 25일

지 은 이   이미정
만 든 이   이정옥
만 든 곳   평민사
             서울시 은평구 수색로 340 [202호]
             전화: (02) 375-8571(代)
             팩스: (02) 375-8573
             http://blog.naver.com/pyung1976
             이메일 pyung1976@naver.com
등록번호   제251-2015-000102호
 정 가   6,000원

※ 이 책은 사단법인 한국극작가협회가 한국문화예술위
  2019년 제2회 극작엑스포 지원금을 받아 출간하였습니다.